KB073317

고래의 꿈

이광렬

고래의 꿈

발행일 2018년 4월 20일

지은이 이 광 렬
펴낸이 손 형 국
펴낸곳 (주)북랩
편집인 선일영
디자인 이현수, 허지혜, 김민하, 한수희, 김윤주
마케팅 김회란, 박진관, 유한호
편집 권혁신, 오경진, 최예은, 최승헌
제작 박기성, 황동현, 구성우, 정성배
출판등록 2004. 12. 1(제2012-000051호)
주소 서울시 금천구 가산디지털 1로 168, 우림라이온스밸리 B동 B113, 114호
홈페이지 www.book.co.kr
전화번호 (02)2026-5777
팩스 (02)2026-5747

ISBN 979-11-6299-072-8 03810(종이책) 979-11-6299-073-5 05810(전자책)

이 도서의 국립중앙도서관 출판예정도서목록(CIP)은 서지정보유통지원시스템 홈페이지(http://seoji.nl.go.kr)와 국가자료공동목록시스템(http://www.nl.go.kr/kolisnet)에서 이용하실 수 있습니다.
(CIP제어번호 : CIP2018011212)

고래의 꿈

이광렬 시집

북랩 book Lab

Prologue

청소년에게는 꿈과 희망과 상상을, 어른에게는 공감할 수 있는 추억을, 모든 이에게 재미있을 수 있도록 살아가며 느끼는 진솔한 삶의 현장을 노래했다.

시는 정형적이고 함축적이어야 한다는 기존 고정관념의 틀을 벗어나 초등학생부터 고등학생까지 누구라도 쉽게 이해할 수 있는 단어를 사용하며, 읽기 편한 시를 격 없이 표현했으며, 시는 지식인의 전유물이 아니며, 이해하기 쉽고 기억에 오래 남는 시가 진정 독자와의 공감을 느끼게 하는 매개체가 된다고 생각하며.

삼국유사의 고장, 내 고향 군위에서 늘 자연과 함께하며 주로 내가 겪은 경험을 토대로 썼다. 하늘을 바라보며 자연이 만들어 내는 갖가지 장관이나 밤하늘 별자리에 관심이 많아, 천체망원경을 통해 또 다른 미지의 세계에 대해 동경하고 광활한 우주를 누비는 꿈을 꾸기도 했다. 내 텃밭과 작은 정원을 가꾸면서 식물과의 대화를 나누는 일상을 통해 치과의사 생활을 하면서 쓴 글이라 개성 있는 나만의 색깔이 있어 읽는 이에게 색다른 재미와 웃음을 선사할 수 있으리란 기대를 해본다.

2018년 4월

이광렬

차례

고래의 꿈

인간들이 산 정상에 오르는 게 힘들 듯
난 항상 해산 근처에서 생활하기에
해구로 내려가는 게 더 힘들어
마리아나 해구의
비티아즈 해연 깊이가
에베레스트 높이보다 더 깊어

난 세상에서 가장 큰 동물이라
먹이 사냥하기가
육지는 너무 좁고 다니기가 불편해서
인간을 비롯한 다른 동물에게 양보하고
오대양을 휘젓고 다니고 있어
먹이가 많은 곳을 따라다니다 보면
매년 세계 일주하는 셈이지

인간이 광해 없는 최고봉에서
밤하늘 바라보며
별과 광활한 우주 생각할 때
나 역시 심해 한가운데서 솟구쳐 올라
밤하늘의 별자리를 좌표 삼아
넓고 자유로운 바다에서
나의 항로를 정하지

인간은 산이 있어 산에 오르듯
난 바다 깊이 해구가 있어
아래로 가고픈데
숨이 차서 반도 못 가봤어
너희 인간들은 하고 싶은 대로 다 하고
우리가 못 가본 해연도 다 가봤잖아

우릴 괴롭히지 마!
방해받지 않고
해저에 손 짚어 보고
뒹굴어 보는 게 소원이야
그 꿈 이룰 때까지
이 몸 다할 때까지 노력하리라!

코끼리 가라사대

동물의 왕국에서
네가 밀림을 호령하는 모습이
인상적이었어
아니, 영화 〈타잔〉에서였던가?
무리 지어서 달리니 지나간 곳은
완전 초토화
인간이 너희를 괴롭히지만 않으면
서로 편하게 살 수 있는데
개발로 밀림이 줄어들고
상아 밀수꾼들에 허망한 삶 마감하니
인간들이 얼마나 원망스럽겠어

진흙탕 목욕도 하고
넓은 강에서 둥둥 헤엄도 치며
초원에서 마음껏 열매 뜯고 있는데
너희들의 끝없는 헛된 야욕 때문에
서로가 아귀다툼 해
육지에서 제일 덩치 큰 내가
인간을 지배 못 한 게 한이 되어
분을 삭이는 것도 억울한데
동물의 왕도 사자라니 말이 돼?
그 자리도 너희 멋대로 정한 거잖아

우리는 태어날 때부터 영험이 있어
우리의 운명을 알고 있어
지금은 시련의 기간이어서
참고 견디고 있지만
오만과 욕심으로 가득 찬 너희들은
정신 차리지 않으면
지위가 언젠가 뒤바뀔 거야
벌써 경고음이 들리는데도
못 듣는 너희들이 불쌍해
우리의 절규의 울음소리 명심하고
기회 있을 때 잘해!

그림_이수지

말 달리자

초원을 달리자
거리낄 게 없다
끝없는 광야 거침없이 달리자
숨 막힌 지난 세월
왜 그리 숨죽였던가?
달리고 싶다 하늘 끝까지

나는야 백마다
한라산 정상에서 바다를 날아 건너
압록강 거친 물결 단숨에 달려가니
벅찬 내 가슴
천지연서 목축이고
두만강으로 힘차게 내달린다

두만강 푸른 물결
인적 없는 저곳으로
마구마구 달려가니
뻥 뚫린 이내 가슴
삼천리강산 둘러보며
앞만 보고 또 달린다

반만 년 달려왔다
더 힘차게 달리자
어디든 갈 수 있어
밝은 세상 찾아오니
벅찬 가슴 후련해지네
자, 쉬지 말고 달리자!

그림_김동광

비둘기 한 마리

창밖을 내다본다
높푸른 하늘
커다란 뭉게구름
창공을 가르는
흰 비둘기 한 마리

창 안에 갇혀 있는 나
자유로이 날고 있는 너

행복해 보이는 비둘기처럼
내 마음도 밝아졌으면
멀리 날아가는 저 비둘기
보기만 해도 행복해지네

제비

귀소본능이 강한 너
우리 집 처마에 집을 튼 지 몇 해
해마다 찾아와서
너희 식구들로 집안이 가득

올해는 새끼 다섯 마리
집이 너무 비좁아
먹이를 어디서 물어와
포동포동 살찌웠니?
모두 무사히 독립해서
기쁘고 감사하다

다 떠난 빈 둥지 허전하지만
내년이 기다려진다

꼭 돌아와 짹짹거려다오
너희들이 남긴 흔적
치우는 것도 나의 기쁨이다

길냥이

저녁 무렵
창고 앞에서 날 기다리는 야옹이
빨리 밥 달라고
종일 돌아다니다
배꼽시계 울릴 쯤 찾아오는
남 아닌 남

널 만난 지 몇 해
네 가족도 많이 생겼지만
다 독립하고
지금은 조촐한 세 식구
먹잇감도 없는데 뭘 먹고 사니?

네 배 또 불러 오면
나는 왜
서글프고 측은함이 생길까?
어디서 낳을 거야?

거둬주지 못해 미안해
대신 밥은 꼭꼭 챙겨줄게
창고 옆에 집도 지어 줄게
갈 데 없음 거기서 살아

정이 든 냥이야
건강하게 오래 살아라!

개굴개굴

몇 해 전만 해도
안방 창문을 통해 들려오는
여름밤 개굴개굴 소리

들떠있는 기분을 가라앉혀 주기도 하고
자장가가 되어 준 개굴개굴 소리

찌는 더위 식혀 주는
소중한 자연의 개굴개굴 소리

그 많던 개구리가 어디로 갔을까?
사라진 집 뒤 풀숲
도로와 주차장이 생긴 후
떠나 가 버린
새, 나비, 개구리와 풀벌레

그림_김정하

시골집 논밭이나
못가에 가야만 들을 수 있는
자연의 음악소리

그리워라 개굴개굴 개구리 소리
주룩주룩 빗방울과 어우러지는
자연의 하모니

가을 석양의 기러기 떼

혼자 걷는 둔치 코스모스 길
매년 가을의 전령되어
고독을 선사하는 구슬픈 한들레
부러질 듯 가는 허리
예쁜데도 한들거려 한들레인가?

코스모스길가서 바라보는
저 멀리 높게 날으는
작은 기러기 떼
대열을 이끄는
우두머리의 힘겨운 비행
어디로 가고 있을까?
따뜻한 곳 찾아 떠날 채비하는지?

늦가을 코스모스 길
석양을 배경으로 한 기러기 떼는
한 폭의 풍경화이고
한 해 되돌아보는 선명한 발자취 되어
쓸쓸한 가을저녁 상념에 젖어들게 해

강가의 나무

강가 바위틈
우뚝 서 있는
주홍, 노랑, 초록
곱게 물든 한 그루 나무
고요한 강물에 비친
해그름의 엄숙한 풍경
인적 드문 이곳에서
수 백 년 지켜왔다
날 찾는 이 없나요?

갖가지 새들
흘러가는 구름
토닥이는 바람소리
어둠 속 달님과 별님
이따금 찾아주는 예쁜 요정
함께하는 친구들 있어
강가 바위와 함께
이 자리 지키고 있어
날 찾는 이 기다리며

산천어

높은 산 깊은 골
유리보다 맑은 물
강바닥의 작은 돌
노니는 산천어

태곳적 모습 그대로
일급수를 자랑하는
맑고 깨끗한 고향인
연어과 산천어

고향 떠나 돌아오니
반가와 잔치 잔치 벌였네
바다 구경하고 오면 송어
고향만 지키면 산천어

산란하니 몸도 기진맥진
아이들아! 일급수 자부심 갖고
많이 많이 잘 자라라!

큰 바다 구경도 하렴!
넓은 세상 보고 오면
대우도 다르다
이 찌든 세상, 산천어가 좋다

산천어처럼 맑게 살고 싶어라

그림_김정하

나의 모란

내 작은 화단 가득한 너
망울질 때 기다려지는 부푼 마음
실망시키지 않는 너

아침 햇살 받으며
화사하게 피어나
기다리는 내 가슴에 불을 지핀다
어릴 적 엄마 등에서 맡았던 분 냄새
멀리 가신 님
더욱 그리워지네

오래도록 함께하고파도
너무나 빨리 이별을 고하는
무심한 너

네 모습 또 볼 때까지
애타게 기다리는 나
야속한 너

장미 한아름 드립니다

가는 허리
연녹색 화병
세 송이 분홍장미
사랑을 맹세합니다

굵은 허리
연보라색 화병
네 송이 노랑장미
영원한 사랑을 꿈꿉니다

선홍빛 속 드러낸
검붉은 석류 둘
앞에서 질투하듯
미소 지어요

사랑하는 당신께
사랑을 맹세하며
영원한 사랑을 꿈꾸며
장미 한아름 드립니다

모란과 작약의 기이한 동거

—

작약과 결혼한 널
기이하게 여겼지

예쁜 잎들 사이 봉긋이 내미는
큰 꽃망울
가는 가지에 매달려
주체 못해 고개 떨군다
부러질 듯 말 듯 용케도 견뎌
세상을 향해 환히 웃는 너

너의 은은한 향기
하루 종일 코끝에 맴돈다

화려하지만
짧은 생 마감한 너
쌍둥이처럼
또 다른 너의
톡 쏘는 향은
나를 유혹해

작약과 한 몸이 된 넌
신기한 요술꾼
나무와 풀이 한 몸이라니

오호라 모란은 지고
작약은 피어나고

수국

내 님이 좋아하는 목수국
심겨진 몇 종류 수국들
수백 개 작은 꽃이 한데 뭉쳐져
한 개의 큰 꽃, 수국화

향은 없지만
수수하기도
화려하기도 해
다양한 색으로
소녀처럼 수줍은 듯

자고 나면 또 피어
꽃 수풀을 이루고
우리의 시각을 붙잡게 해

척박하면 척박한 대로
기름지면 기름진 대로
아무런 조건도 필요치 않아

빛은 있으니
물만 달라는 수국
욕심 없이
너의 존재를 알리는 수국

너도 내 화단의 귀한 존재다

앤젤트럼펫

지난밤 서리로
모조리 시들어 버려
몸통만 쭈삣쭈삣
흉물스러워
낙엽 진 나무같이
너무 앙상해
나무도 아니면서
큰 키, 큰 꽃
많이도 피우네
모든 식물이 너 같으면…
물만 먹고 잘도 자란다

나약한 나
긴 세월
맛난 것, 좋은 것
매일 먹어도
비실비실, 시들시들

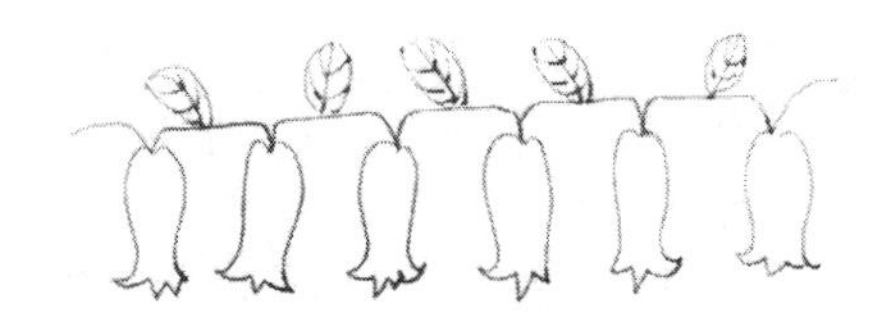

싱그러운 미모
네 특유의 향
너무 좋아
넌 참 강인해
불가사리 같은 몸
수십 마디 잘라
내년 봄 또 심으면
다시 싹을 틔워
같은 과정 되풀이하는 넌
불사조인가?
겨울 잘 견뎠다가
내년에도
천사의 나팔소리 울려다오!

은행나무 I

툭 툭 투두둑
은행알 떨어지는 소리
한 해 동안 쌓은 에너지
아낌없이 돌려주는 너
뙤약볕 가려주고
푸르름과 싱그러움을 선사한 너

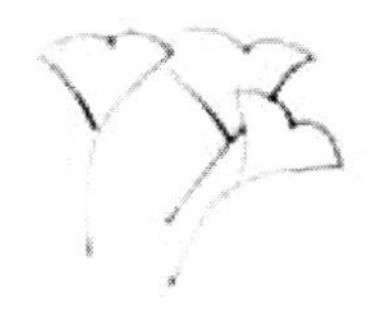

틱 틱 틱 뚜둑뚜둑
은행알 밟으면서
알 터지는 소리
발바닥에서 느껴지는
묘한
기분 나쁜 소리
코끝을 찡그리게 하는 과육 냄새
네 자식을 보호하려는
몸부림이겠지?

타닥타닥 딱 딱 딱
전자레인지 속에서
청녹색 속살 드러내는 소리
예술가로 변신했니?
다양한 너의 음색
나의 눈과 귀
혀끝을 즐겁게 하는 너

고마운 은행나무야
내년에도 잘 지내자

난초 꽃 피다

보고 싶어요
아름다운 세상
흐릿해진 눈과 마음
모든 것이 새로워요
눈 감으면 예쁜 꽃
눈 뜨면 밝은 세상
부드러워 더 강한
난초 꽃 피다

가늘고 긴 손가락
마법의 손놀림인가?
무섭지도 두렵지도 않아
님이 있어, 열린 세상
님이 있어, 세상은 내 것
꿈과 희망을 주는
난초 꽃 피다

난이 좋아 난과 함께한 세월
초심을 지키는 미소
꽃마다 다른 향과 모습
피어날수록 고귀한
눈이 멈추는
다름 아닌
난초 꽃 피다

그림_김정하

한국춘란 I

예쁜 꽃 피운 난
기대에 못 미친 난
대우가 너무 달라

비좁은 난실에서
자유를 찾아
자연으로 되돌아간다

난실의 환경보다
자연 속의 생활이
훨씬 좋아

자유의 몸 되어
생기 찾고
건강하게 살아라

훗날 예쁜 꽃 피면
누군가에 의해
좋은 대접받을 거야

꿈과 희망 심어주는
난 중의 난
한국춘란!

천체 망원경

무한한 꿈과 희망을 심어준
셀레스트론 C 9 1/4인치 천체 망원경
예쁜 토성 고리
저 멀리 목성도 보여
신비로운 위성들
달처럼 친숙하게 느껴져

달 속의 많은 바다들
닐 암스트롱이 첫 발 디딘
고요의 바다
오리온의 대삼성 아래 소삼성
참 신기하네
플라이아데스 성단은 맑고 귀여워

별자리 찾으며
무한의 세계
우주를 누비던
행복했던 순간
오늘도
내일도
상상과 꿈속에서
미지의 세계를 그린다

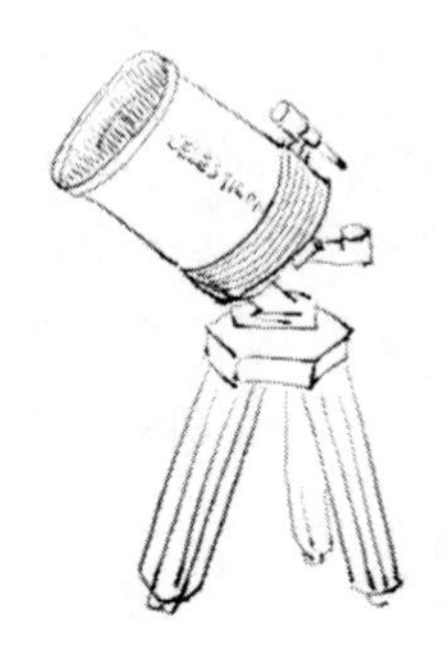

한국춘란 II

봄이 오면

덮었던 수태와 화통을 제거하고
감춘 뽀오얀 꽃대를 드러내 놓지
아기의 부드러운 살처럼
연약하게 느껴져
마늘쫑 같은 꽃대가 슈우욱 올라와
앙증스런 꽃을 피우기 위해 자리를 잡지
어떤 꽃이 필까?
숨 막히게 기다려지는 순간이야
'난향 그윽한'이라지만
향이 없는 게 너의 본성이야
유향종이 있긴 하지만 드물어
난 아직 제대로 맡아 본 적은 없어
모든 에너지 다 소진하고
당당하게 피어난 소담스런 꽃망울
처절했던 네 모습은 뒤로하고
환희와 축복 받으며
이 순간 영원히 기억되게 해

여름이 되면

꽃 피우느라 소진했던 네 몸 추스르게
영양분 공급을 소홀하지 않아
물도 자주 주고
통풍과 습도에 신경 쓰지
병충해 예방을 위해 방제도 필수적
파릇파릇 표토 뚫고 올라오는 새싹들
새 생명이 잉태하는 엄숙함이 느껴져
홀가분한 난분이 꽉꽉 채워져
충만한 기쁨
여름은 너희들이 견디기 제일 힘든 계절이야
인간도 더워 괴로운데
오죽하겠어
잘 참고 견뎌줘서 고마워

가을이 되면

꽃눈이 형성된 후
꽃망울이 조금씩 자라
꽃망울이 달린 난과 달리지 않는 난으로 구분이 돼
꽃망울이 달린 난은
수태도 덮고 화통도 씌워
건조해서 떨어지지 않게…
대부분 피기도 전 말라버리는 이유야
꽃대 관리 잘해야
봄에 건강한 꽃을 피울 수 있어
모든 곡식들이 여물듯
성장하느라 연약해진 네 몸을 살찌우기 위해
내년 봄꽃 피우기 위해
가을햇살 받으며
잎은 더욱 파릇파릇
벌브는 굵고 단단해져

겨울이 되면

성장이 중지되고
동면에 들어가
썽그런 난실엔 고요만 존재할 뿐
영양분도 필요 없고
병충해도 걱정 없어
가만히 내버려둬
겨울잠이라도 편히 자게
죽지 않을 정도의 수분은 공급해 줘
필요한 건 그것뿐
추위와 고독한 공포의 긴 겨울잠 견뎌내고
새 봄 맞이할 때까지
기다리고 기다리마!
사계절 가슴 설레게 하는 넌
진정
사군자의 일원이다

달님

만인의 친구
누구나 좋아하는 달
꿈과 상상의 나래로 이끄는
영원한 신비의 존재

가만히 앉아
밝은 달 바라보며
산, 강, 바다, 하늘 끝
어디든지 갈 수 있어
함께라면 나는 좋아

멀리 있어도
가까이 느끼는 달
산 정상 높은 곳에서
우릴 향해 미소 짓네

멀어지는 달
따라가는 나
다가가는 나
그리고
마음속에 담았습니다

영원한 우리의 달님
함께여서 행복합니다

행성

—

여름날 석양을 보노라면
이내 따라 오르는 금성
새하얗게 반짝이는 넌
미약한 내게
강한 희망을 심어준다

화성인이 많이도 탄생한
붉은 흙으로 덮인 화성
지구와 가까워 가고 싶은 곳
언젠가 단체여행 갈 날 있겠지

뜨거운 가스투성이 목성
갈 순 없지만
멀리서 예쁜 모습으로
충분히 네 역할을 하고 있어
대적점과 띠가 압권이야

얼음조각으로 이루어진
황홀한 고리, 주황색 별 토성
호기심을 자아내
동심의 세계로 이끈다
수성보다 조금 큰 너의 자식 타이탄
신화 속 인물로 자주 등장해

가끔 밤하늘을 보면
화성, 토성, 달이
한데 뭉쳐 있거나
일렬로 늘어 서 있을 땐
너무나 신비롭고
경외감마저 느껴져

신이 존재하는 건가?

우주공간에서 바라본 지구
너무나 아름다워
신선이 사는 세계야
축복받은
이곳에 사는 우리
깨끗하게 지켜야 해!

목성이 좋아

지금도 무한한 우주에서
태양 주위를 행성들이 돌고
그 행성 주위를 위성들이 돌고

행성 중
목성이 제일 좋아
신들의 아버지 주피터(제우스)잖아?

예뻐 보이지만
가스로 이루어진 넌
폭발할 것 같아 너무 무서울 거야

트레이드 마크인
대적점의 위치와 크기가 수시로 바뀌어
엄청 빨리 돌고 있겠지?

네 주위의 위성도
붉은색의 작은 구슬같이
이오, 유로파, 가니메데, 칼리스토
위치가 바뀌기도 하고
네 뒤로 숨는 걸 볼 수 있어

네 주위를 도는데
이오는 이틀도 안 걸려
가까이에서 본다면
눈이 빙글빙글 어지러울 거야

정신없이 빠르게
각자 규칙대로 돌고 있는 우주
정말 신기해

낚시

물고기를 낚고
세월을 낚아야 낚신가?

인간이 쏘아 올린 무수한 인공위성
부수적으로 버려지는 우주쓰레기
인공위성도 수명을 다하거나
기능을 소실하면
처치곤란 우주쓰레기
쌓이고 쌓여 쓰레기 더미가 돼
먼 훗날 화성여행 가려는데
눈앞에 나타나는 수많은 흉물덩어리
운행에 방해물이 될 거야

우주공간 목 좋은 곳에 자리 잡고
긴 낚싯대를 던진다
지구의 자전
엄청 빠른 속도
나타났다 사라지길 반복하는
갖가지 우주쓰레기
잽싸게 낚은 물체
명 다한 인공위성, 연료통, 파손된 망원경…

깨끗한 우주공간을 위해!
쾌적한 우주여행을 위해!
우리가 버린 우주쓰레기
모두 거둬야 해!

낚자! 수거하자!
흩어져 있는 무수한 우주쓰레기
오늘
태산만큼 낚았으니
내일
또 낚으련다

보름달

—

널 보며
계수나무 한 그루
옥토끼 한 마리를 그린다

계수나무 자리엔
비의 바다, 폭풍의 바다, 구름의 바다
습기의 바다를 상상해

옥토끼 자리엔
맑음의 바다, 고요의 바다, 풍요의 바다
증기의 바다, 감로주의 바다
위기의 바다를 상상하지

비의 바다 아래쪽
코페르니쿠스 분화구가 있지
맨 아래쪽 티코는 너무 또렷해
눈이 부시도록 밝아

떡방아 찧는 토끼 생각하면
낭만적이고 따뜻하게 느껴지지만
생명이 없는 추운 바다 생각하면
괜히 공허해지고
외롭고 추운 밤 사막에 홀로 서 있는 기분이야

무념무상 바라보며 가까이서 느끼는
따뜻한 달
우주공간 외로이 떠 있는
차가운 달

넌 영원히 우리와 함께할 가족이란다

구름

하늘을 수놓은
떠다니는 솜털처럼
휙휙 그은 빗살처럼
석양에 비쳐
검붉은 쇳물 넘칠 듯이
띄엄띄엄 점과 띠처럼
검게 물든 암흑같이
다른 모습으로
눈앞에 나타나
마술 부리는
창작의 캔버스

저 멀리 있을
구름 너머 세상은
선녀들이 춤추는
미지의 세계…
휘두른 붓 끝은
꿈을 싣고
상상을 담는다
드러난 모습은
신선과 자연의 합작품
오늘도 바라본다
무엇이 그려질까?

산다는 것

권력, 명예, 부
다 가진들
죽고 나면 무슨 소용이 있나?
자식들, 후손들이 기억하며
그리워한들
산 자의 위안
마음의 짐을 덜기 위함이어라

후세에 비난받지 않게
부디
죽은 것만 못한 삶은
견딜 수 없는 형벌
의미 없는 삶의 연장
피하게 해 주소서!

비싼 고급요리
궁궐 같은 멋진 집보다
건강한 삶
평범한 일상
나물반찬, 된장국이어도
소박한 이대로가
살아 숨 쉬는 의미입니다

시계

세상에서 제일 부지런한 너
일 년 내내 평생토록
쉬지 않고 달려가는 너의 운명
우리 모두 배워야 할
말 없는 부지런함
시간만 정확하면 제일이란다

자판기에 파는
몇 천 원 시계부터
금, 다이아몬드 박아놓은
몇 억 원 시계까지
인간의 탐욕은 끝이 없어
비싸면 더 정확한가?

가격 싼 시계라도
잘만 가고 시간도 정확해

누구라도 필요한 소중한 존재
네가 있어
편리한 우리생활
값비싼 시계보다
부담 없는 네가 좋아

10원

어릴 적 10원 용돈
붕어빵, 국화풀빵도 사먹고
라면땅도 사먹었다
엄마가 주신 10원
하루 종일 부자 된 양
든든한 힘을 주었다

현재의 10원짜리 동전
쓸모없이 책상서랍이나
사물함 구석에 쌓여 있을 뿐
땅바닥에 있어도
줍는 이 없네
너의 존재
어쩌다가
이 모양이 되었니?

먼 훗날 10원 동전
원래의 가치는 잃었지만
슬퍼 말고 기다려라!
골동품,
장식물이나 액세서리 되어
귀한 존재로
다시 태어날 게 분명하다

목욕

이 닦고
머리 감고
온몸 씻어도
개운찮은 기분
맺힌 한 씻길까?
잠자면 사라질까?
심장 꺼내 씻었으면…

떨쳐 내자!
잊어버리자!
시간에 맡기자!
지우자! 영혼의 때
비우자! 움켜쥔 모두
잡으려는 미련 떨치니
체념은 마음을 윤택케 해

씻긴 영혼
가벼운 육신
깨끗해진 가슴
찾아온 무념무상
마음을 비우는 것
누리는 나만의 평온
심신이 맑고 건강해져

줄

수많은 줄
다용도의 줄

번지점프 하는 줄
광대가 놀이하는 줄
순서를 기다리는 줄

너와 나를 연결하는 줄
사람의 생명을 구하는 줄

상자 묶는 줄, 굴비 엮는 줄
빨래 너는 줄, 거리 재는 줄
연 날리는 줄, 그네 타는 줄

사람 고통 주는 줄
약한 자 의지하는 줄
이승 정리할 때 쓰는 줄

자고로 잘 사용해야 하는 줄

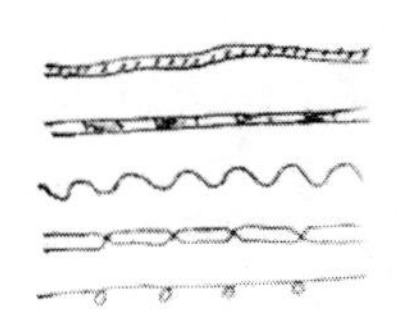

틀니할아버지

—

"할아버지
어떻게 이렇게 오랫동안 참고 사셨어요?"
"살다 보니 바빠서
애들 뒷바라지 하다가"
위아래 뽑을 이만 열다섯 개

모두가 흔들흔들
남겨진 뿌리조각들
오늘 두 개 뽑고
사흘 뒤 세 개 뽑고

좀 쉬었다가
오 일 뒤 두 개 뽑고
또 사흘 뒤 세 개 뽑고
일곱 번에 걸쳐 겨우 다 뽑았다

핼쑥해진 할아버지
"제발 끝날 때까지
영양보충 잘하시고, 잘 참고 견디세요"

그로부터 두 달 뒤

움푹 들어간 볼과 힘 잃은 두 눈은
생기를 찾으셨고
눈빛도 강해지셨다

반갑고 감사합니다
건강하게 오래오래 사세요!

공포

나는 세상에서 제일 무서운
공포의 대상이다
특히 어린아이에게는

어린아이 1
"싫어, 싫어. 안 들어갈래. 싫단 말이야"
겨우 달래며 앉힌다
두 손으로 입을 가리며
안 벌리려 악을 쓴다
결국 뜻을 못 이루고 내려온다

"다음에 잘해요" 하며 격려의 한마디

어린아이 2
구슬 같은 눈물 뚝 뚝 뚝
엄마 손에 이끌려
느릿느릿 의자에 앉는다
"살살해 주세요"
흑흑 흐느끼면서
알았다며 손을 꼬옥 잡아 주며
마침내 뜻을 이룬다
아아악 울음을 삼키며
눈물은 줄 줄 줄

"참 잘했어요!"

어린아이 3
"안녕하세요?" 인사하며
제 발로 씩씩하게 걸어 들어와
태연하게 의자에 앉는다
입을 크게 벌린다
"너 정말 착하구나!
안 아프게 살살 해 줄게"
눈만 껌뻑 껌뻑

"벌써 끝났어요?
감사합니다" 인사까지 하는 어른아이
너무 대견하고 귀여워
아낌없이 칭찬한다

"나중에 커서 훌륭한 사람 되세요"

나는 세상에서 제일 친절한
치과의사다
모든 환자에게

역할 바꾸기(가정)

내가 환자가 되어 진료의자에 앉아
입을 벌린다
쏴아악 석션 소리 유난히도 크게 들려
무섭다

고인 침 빼내고
마취주사 맞는다
입천장 쪽 주사는 혼이 빠질 듯
아프다

말은 못 하고 눈물은 줄 줄 줄
조금 참으라며 위로하지만
성질만 나네

위이잉 돌아가는 절삭기
이에 닿을 때마다
절로 나는 눈물
무서워 두 손 꽉 움켜쥔다

1초가 1분 같고
1분이 1시간 같다
다칠까 겁이 나서 꼼짝도 못하고
이런 고문 세상 어디에 또 있을까?

악몽 같은 순간 지나가고
다시 또 의사 되어
아 하세요!
움직이지 마세요!
조금만 참으세요!

위~잉 돌아가는 절삭기
쏴~악 석션 소리

그대가 아프니 나도 아프다

아프다
가슴이 아프다
저며 오는 통증으로 밤새울 환자
잠이 오지 않는다
이가 아파 못 자고
나는
가슴 아파 못 자고

아프다
마음이 아프다
하루 종일 못 먹어
창백한 환자
식욕이 사라진다
이가 아파 못 먹고
나도
마음 아파 못 먹고

명치가 저며 온다
이가 아파 잠 못 자고
이가 아파 잘 못 먹고
통증이 내게도 스며와
가슴이 아프다
마음이 아프다

기다림

늦은 오후 한가한 시간
언제 올지 모르는 환자 기다리며
오늘은 하루가 길게 느껴지지만
내일은 정신없이 바빠지리라

힘들고 고달플 땐
가끔 찾아와
편안히 휴식도 취하고
멍도 때리지만
한가함이 길어지면
바쁜 일상 그리워하는 이중적 간사함

눈 지그시 감고
명상에 취해
아늑한 이 순간 즐기리라

그래도 환자 볼 때가 제일 좋아
나를 찾아주는 이 행복

그 무엇과 바꾸랴!

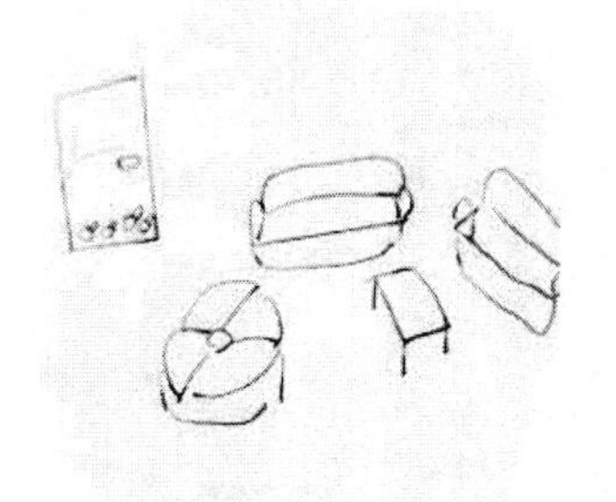

매미소리

무더운 여름 낮
즐거운 음악소리였던
어린 시절 매미소리

고요한 밤
구슬픈 메아리였던
어린 시절 귀뚜라미소리

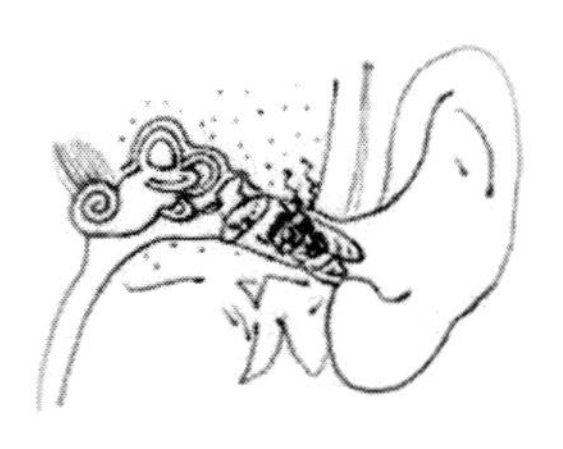

어른이 된 지금
맴 맴 맴, 귀뚤귀뚤
시끄럽기만 해

매미야! 귀뚜라미야!
제발 좀 조용히 해 다오!
잠 좀 자자!

이명아 사라져라!
시끄러워 돌 것 같아
나 좀 살려줘!

상처 없는 영광은 없다

최고가 되기 위해
흘린 땀과 눈물
가슴에 안은 멍에
겪었던 비난과 질타
감추어진 너덜한 상처

더 빛나는 이유입니다

자포자기, 좌절
현실도피, 의지박약
방해물을 걷어내고
이루어낸
상처받은 영광이기에

더 사랑받는 이유입니다

상상의 자유

상상의 자유란?

도덕적이고 합법적인가?
현실에선 비합법적이
상상에선 합법적
그러나 도덕적으론?

상상속의 비합법적이
현실에선 당연 비합법적
실행은 않더라도
발설하면 도덕적 죄가 되겠지

꿈은 무죄, 상상은 유죄(도덕적으로)

상상은 무한한 창조의 원천이다

그러나 도덕적인 죄를 안아야 하기 때문에
창조자는 항상
무거운 굴레와 고뇌를 안고 살아야 해

생전에 불행했지만
상상력이 풍부한
위대한 예술가와 문학가들이
얼마나 많은가?

위대한 작품을 후대에 선사한
불행하고 불쌍한 창조자들

웃어요

쫙쫙 펴 드릴게요
이마주름, 눈가주름, 미간주름
얼굴은 당신이 살아온 거울
애기피부같이 부드럽고
젊은 피부처럼 탄력이 넘치고
마음도 함께 젊어져요

쫙쫙 펴 드릴게요
숨겨진 마음의 주름, 찌든 때
다 씻어 내려요
웃으면 주름이 절로 펴져요

골골이 쌓인 주름
쫘악 쫘악 펴서
몸도 마음도 한껏 젊게 살아요
얼마나 웃음에 인색했을까?
거울 보며 웃어보세요

길지 않는 우리 인생
쫙쫙 펴진 얼굴로
근심, 걱정 털어버리고
밝은 얼굴 예쁜 미소로
서로 서로 축복하며
사랑하며
살아요

그림_김정하

무제

꼭 꼭 꼭 꼭
없는 번호니 확인 후 다시 걸어 주세요
그립던 목소리가 들려오지 않습니다

꼭 꼭 꼭 꼭
다시 눌렀습니다
듣고 싶은 목소리는 들리지 않습니다

사람도 기계도 잘못되면
쓸모가 없나 봅니다
듣고 싶은 목소리는
그게 아닌데, 그게 아닌데
누가 이 기계 고쳐 주세요

보아도 보아도
보이지 않습니다
꿈에 그리던 그 모습
간데없이 사라졌습니다

환상에서 깨어나
쓸쓸하고 아련한 기억들
다시 눈 감아도
떠오르지 않는 허전함

누가 고쳐 주세요!
병들어 버린 내 마음을

상상 속의 여행

나 이대로 떠나려 합니다
더럽혀진 내 영혼
깨끗이 씻고자
아무도 없는 들판 끝자락에 섰습니다
휘몰아치는 흙비가
어두운 마음속 깊이 뿌려집니다

좋았지만 기억나지 않는 사람들
보고파도 볼 수 없는 이들
어두운 내 영혼에
빛이 되리란
간절한 바람으로
되뇌고 또 되뇝니다

탐욕으로 뭉쳐진 내 영혼 씻어내릴
깨끗한 비 간절히 원합니다
충분히 가져도, 이루어도
채워지지 않는
굶주린 영혼
치료해줄 이 필요합니다

모든 것 털어버리고
가볍게, 가볍게, 자유로이
짓눌린 이곳에서
영혼의 자유를 위해
깨끗이 닦아 줄
나만의 길 찾아갑니다

두 마음

감추기 싫어 드러냅니다
요놈의 마음

드러내기 싫어 다시 감춥니다
요놈의 마음

간사하기 짝이 없는 이 마음

나만 그럴까?
너도 그럴까?

봄비

봄비!
창 밖에 내리는
가슴 설레는 봄비!

겨우내 메말랐던
대지를 적시고
기다림에 지친 가슴 적시네

찾아오는 봄 질투하듯
얼마 전의 때 늦은 눈
감쪽같이 사라져 버렸네

이 비 그치면
온 세상 다시 열어
초록빛으로 채색되겠지

새 생명이 탄생하는
봄의 소리가
귀를 울리고

움트는 새싹은
꿈을 그리는
내 눈을 멈추게 해

봄의 정취

저 멀리
맑고 푸른 하늘
둥둥 떠 있는 뭉게구름
들판 보리밭에 서서
소녀가 멀리 하늘 끝을 바라본다

주홍색 티셔츠
늘어뜨린 갈색 머리칼
커다랗고 둥근 흰 모자
두 손 꼬옥 받쳐 들고
봄의 정취를 한껏 누린다

소녀의 눈에는 무엇이 보일까?
코끼리 모양의 커다란 구름
뒤따르는 고래 모양의 작은 구름
점점이 수놓은
작은 조각배
다가오는 예쁜 요정들

코끝 간질이는
가는 봄바람은
구수한 보리 내음 전해주며
예쁘고 귀여운 소녀는
봄의 향기와 정다운 얘기 나눈다

고독

고독이 싫어도 고독을 사랑하렵니다
어차피 혼자가 될 테니까요

보내기 싫어도 떠나야 하는 순리
역행할 순 없을 테니까

혼자 짊어진 인생의 고행길
대신할 순 없을 테니까

고독이 무서워
붙잡고 싶어도
떠나가는 모든 것들

외로이 남아서
공허한 마음 달래보지만
오히려 더 깊어지는 외로움

차라리
그 외로움도 사랑하렵니다

풀밭에 누워

멍하니 쳐다보는
저 멀리 떠 있는 구름
나는 가만히 있는데
구름은 떠나가네
모양도 바뀌네

풀숲에 숨을까?
구름 속에 숨을까?
술래잡기도 재밌고
숨바꼭질도 재밌어

동네 아이들과의 놀이가
추억 속에서 되살아나네
딱지 치기, 자 치기, 오징어가생
구슬 치기, 말뚝 박기

예전의 야외놀이가
요즘은 기계의 노예 되어
갑갑한 실내놀이로 바뀌었어
해맑은 웃음과 고함
자연과 함께하는 삶이 좋아

완행열차

어릴 적 완행열차
치열한 자리다툼
철커덕 철커더덕
덜컹대는 바퀴소리
지나가는 전봇대, 초가집, 들판
위로, 아래로
오르락, 내리락 하는 전깃줄
기차간에서 까먹은 삶은 계란 한 꾸러미
생생한 그때의 추억

지금은
휴대폰 예매로
가만히 자리 찾아가
눈 감으며
잠시 명상에 잠겨보면
어느덧 서울역
세월의 변화 속에
바빠지는 우리의 인생
시끌벅적 여유로운
옛 시절이 그리워지네

그림_김정하

피터팬처럼

꿈을 그린다
사춘기 때의 감성
쉴 새 없이
흘러나온다

세월이 지나도
변하지 않는
동심처럼
피터팬처럼

맑고
신선해서 좋다
거짓 없이
순수해서 좋다

새로운 무언가를
꿈꾸며
살아갈 만한
우리 인생길

바쁜 삶
뒤로하고
예쁜 꿈
희망을 그린다

들판에 앉아 있는 소녀

어깨 뒤로 늘어뜨린
두 줄 땋은 머리카락
연한 하늘색 투피스
보라색 띠가 둘러진
연한 초록색 커다란 모자
뒷모습이 예쁘니
앞모습도 예쁠 거야
예쁜 소녀

야생화 가득한 들판에 앉아
저 멀리 하늘 끝 바라본다
높다란 버들나무 두 그루
사이좋게 나란히
소녀 향해 손 흔드네
나무 뒤 흰 구름은
푸른 나무 더 푸르게
모자처럼 눌러썼네

맑은 공기, 푸른 하늘
떠 있는 뭉게구름
노래하는 야생화
푸르른 들판에 앉아
수줍은 듯 미소 지으며
앉아 있는 예쁜 소녀
마음속에 담겨 있는
잊지 못할 풍경화다

소녀의 기타

—

소녀 떠난 빈 방 구석
손때 묻은 붉은색 기타
뽀얀 먼지 쌓인 채
주인 없이 서 있는
서글픈 신세

보고만 있어도
실바람 타고
울려 퍼지는
호숫가 물결처럼
애잔함 심어준 작은 소녀

다시 찾아온 소녀
깨끗이 닦고
정성스레 조율하니
잃었던 활기
봄 눈 녹듯 되찾았네

가슴을 흔드는 강
마음을 울리는 약
강약이 반복되고
소녀와 한 몸 되어
잠든 내 영혼을 불사르네

부자

부자다
남들이 부러워하는 부자
가질수록 갖고 싶은 게 더 많아
집이 크니 채워야 할 게 너무 많아
채워도 채워지지 않는 공허함
더 많은 것 갖고 싶은 탐욕

부자다
가진 게 없어도
채울 곳이 작으니 있는 게 불편해
남고 넘치니 이웃과 나누련다
나눌수록 커져가는 마음의 풍요
적게 가지니 여유로워지는 행복

부자다
내줄 게 없어도
채울 집이 없어도
따뜻한 정 너무 많아
서로 돕는 이웃이 있어
모두 부자다

취미

길고도 짧은 인생
60청춘, 90회갑
말 안 되던 지난 시절
현실이 된 100세 시대

바쁜 삶, 여유로운 삶
어차피 한평생
돌아보며
더불어 살자!

바빠서 시도 못 한
다양한 취미생활
배우지 못한
때 늦은 후회

지금도 늦지 않다
남아 있는 많은 시간
건강관리 잘하고
끊임없이 배우자!

숨바꼭질

누구를 그렸을까?
수많은 그림
마음의 작용으로
태어나는 시

무엇을 의미할까?
보는 이의 상상이
작가의 의도
예술은 마음의 거울

붓을 휘갈기며
혼을 심는 화가
펜을 움켜쥐고
마음을 그리는 시인

그림을 보며
시를 쓴다
시를 읽으며
그림을 그린다

누구를 그렸을까?
무엇을 그렸을까?
그림을 감상하고
시를 음미한다

물놀이

청송 청운동 냇가
물이 차고 맑아
바닥돌이 훤히 보여

물고기 잡는 아이
튜브 타는 아이
예쁜 돌 줍는 아이
모두가 정신없다

아이들 웃음소리
물 흐르는 소리
첨벙대는 소리뿐

물끄러미 지켜보는 할아버지
흐뭇한 입가의 미소

예전에 나도
'저기서 물놀이 했지…'
놀고 있는 귀여운 아이들

아이들도 물놀이 하고
할아버지도 추억 속에서
함께 물놀이 하네

태몽

저 멀리
얼굴만 한 한 송이 흰 장미
주위엔 온통 가시덤불
가야 해! 저 꽃 보러

가도 가도 가까워지지 않아
기고 기어 헤치고 나가
가까이 다가가니

가시 돋친 단단한 줄기
하늘 향해
활짝 피어난 흰 장미

안으려는 순간
꿈에서 깨어나 버려
너무나 생생한
키 큰 한 송이 흰 장미!

장미 안고 태어난
장미 같은 우리 큰 딸

월정교 너머

푸르른 하늘
둥실둥실 떠다니는 흰 구름
살아 숨 쉬는 천년의 역사
월정교가 부활했다

다리 저 아랜
짙푸른 강물
온 세상 삼킬 듯
넘실대며 흘러가네

하늘 높이 팔을 뻗은
온갖 꽃과 나무들
천사들이 날개 두르고
어서 오라 손짓을 하네

꿈인지? 생신지?
황홀경에 빠져
묶인 발걸음
멍하니 서 있네

따라가고파 좇아가면
더 멀리 떠나가 버려
저 너머 세상 동경하며
건너려도 건널 수 없어

아웅다웅 인간사
천사들이 손짓하는 저곳
그래도 당신과 함께하는
이곳이 훨씬 좋아

나만의 그리움

님 그리워
말 못 한
나만의 고뇌
외롭고 슬퍼
소리쳐 울고파도
감춰야 했던 억눌림
절제와 인내가
생활이고 운명이어요
사무친 정 한이 되어
꿈속에서나마
님 그리며
불러 봅니다

정에 주려
외로움 벗 삼으며
찾아온 자유
오히려
서럽도록 슬퍼집니다
이젠 사랑받기보다
사랑할 수 있어 행복합니다
채워지지 않는 그리움, 사랑
가슴에 묻고
그저
사랑하고픈 이들을
사랑할래요

모자 쓴 그녀

처음인데 낯익은 그대
어디에서 보았을까?
왜 이제야 만났을까?
꿈속에서 보았던가?

바람에 흩날리는
길디 긴 머리칼은
석양에 반사되어
황금물결 일으킨다

땅에 닿을 듯 연푸른 치마
천사의 날개구나

누구일까? 누구일까?
궁금증만 더해가네
모자 쥔 하얀 두 손
들어 올린 가는 팔
보일 듯 말 듯한 미소
신비함의 보고다

정말로 모르냐며
빨리 오라 손짓하네
긴 목, 가는 허리, 기다란 드레스
공주의 자태구나!

아하 맞다
곁에 있는
바로 당신!

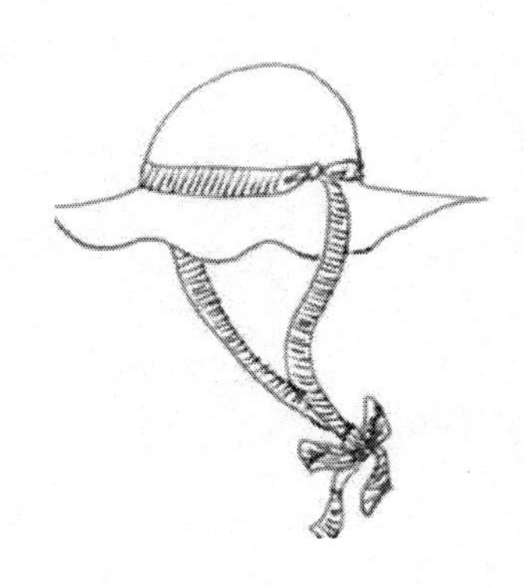

꽃바구니 든 소녀

넌 누군데 그녀 옆에 서 있니?
귀여워서 너무 좋아
꽃바구닌 어디서 구했니?
못 본 꽃 가득
먼 나라에서 왔구나?

엉덩이 뒤로 빼고
살짝 든 뒤꿈치
두 손 꼬옥 쥐고 내민 꽃바구니
동화 속 요정이구나

귀여운 듯, 예쁜 듯
떠나지나 말아다오
이미 넌 우리 가족이야

꽃을 품고 있는 소녀

선녀와 요정
예뻐서 허전하다
달아날 듯 불안하다

어느 날 데려온
꽃바구니 가슴에 감싼
앳되고 귀여운 소녀
중간에 끼어드니 이제야 안심이다

"난 앉을래요. 여기가 좋아요"

서로 서로 쳐다보며
이곳이 우리가 살 곳
아늑한 우리 집

이제야 다 모였네
영원히 함께 살자!

사랑하는 우리 님[1)]

님! 우리 님!
소중한 우리 님!
나 정말 힘들고 외롭지만
나보다 더 외로운 우리 님

내 평생 짧지 않은 시간들
우리가 님의 전부인 걸 이제야 깨달아
나는야 기댈 님이 있건만

님은 하느님인가 봐
아파도 슬퍼도 외로워도
항상 미소 짓는 우리 님

이따금 훔치는 눈물은
내 마음 깊은 곳에
폭포수처럼 넘쳐흐르네

1) 청소년의 님(엄마)에 대한 고백

이제 나 많은 걸 배워요
모든 게 뜻대로는 아니어도
님과 함께라면 힘이 절로 나

사랑하는 우리 님
다정스런 우리 님
님께는 감출 게 없어

들어 주세요
무엇이든 숨김없이 말할게요
얘기해도 끝없는 요술주머니

영원히 곁에 있어주세요
사랑하는 우리 님!

보름달 준 님

수십 년 긴 세월
멀리 있어도
곁에 보여요
다정한 눈빛에 이끌려
정신없이 지나온 긴 터널
이제야 빛이 보이고
새 하늘이 열립니다

무언의 격려,
미소 띤 얼굴 보며
절박함은 삶의 충전제 되고
강한 정신력으로 승화되어
힘겨웠던 내 존재는
충만해진 자존감으로
영혼의 자유 찾았습니다

보름달을 내게 준 님
달만 보면 님이 보여요
온화한 눈빛
호탕한 웃음
님이 있어
인생은 값지고
모두가 행복합니다

뒤태가 예쁜 그녀

예쁘다 뒷모습이
이십대 아가씨다
긴 팔, 긴 다리
스윙 폼이 멋지다
홱 돌아가는 허리
연상되는 백조의 호수

타석을 향하는 공작의 도도함
어드레스 땐 비둘기
다운스윙 때 제비 같더니
피니싱 땐 학과 같아
비둘기-학, 제비-학

따아악 내리꽂은 핑크볼은
쫘아악 독수리처럼 날아가네

그리고

호호홍 살려주는 분위기
깔깔깔 나이스 샷!
그녀와 함께 하는 새들의 향연
오늘도 즐거워라
당당한 싱글(스코어) 여인

그림_이광렬

이 순간 감사합니다

약하디 약한, 연약한 그녀
긴 투병으로
핼쑥한 얼굴, 가녀린 어깨 너머
늘어뜨린 긴 머리칼

앞만 보고 다퉈온 인생
이제 병마와 싸우는구나
"내가 누군데 이깟 것쯤이야"
강인하고 당당한 그녀의 위세에
내몰려진 나쁜 놈!

"이제 난 자유의 몸이다"

맑은 공기 한껏 들이키니
몸도 마음도 훨훨

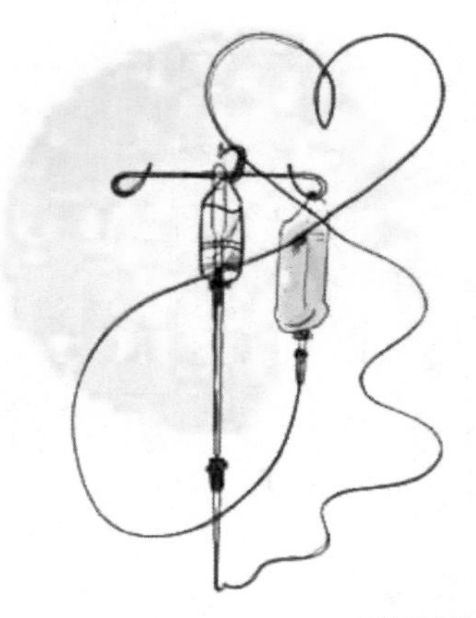
그림_김정하

하느님!
이 순간 주셔서 감사합니다
연일 빌고 또 빈다
위로하고 위문해준 친구들 있어
너무 행복합니다

새로 태어난 이 기쁨
그간 쌓인 마음의 짓눌림
훌훌 털고 일어나요
인생은 너무 즐겁답니다

흰 가운의 그녀

부드러운 미소 너머
카리스마 넘치는 여인
하지만 언제나
마음 약한 소녀랍니다

흰 가운이 어울리는
아니 평상복으로 여겨온 그녀
청진기 귀 기울이는 심각한 표정
환자의 아픔을 읽고 마음을 읽네

이따금 찾아오는 진상환자
위엄 있는 강한 눈빛에
낫게 해 달라며
고개 숙인다

하루 종일 환자와의 시간
나의 천직이고 기쁨이야
퇴근 무렵엔
나 역시 에너지 고갈이야

처진 어깨 가누며
속 시원히 얘기 나눌 곳 바로 여기
"친구들아!
지금 이 순간이 너무 소중해
영원히 함께하자!"

이따금 혼자서 소리 질러!
"누구 누구 ×××야"라고
함께해서 재미난 세상

그림_김정하

가지 마세요

가늘고 긴 손가락이 좋아요
작고 흰 손이 좋아요
잡은 손이 꼭 맞네요

내 긴 손가락으로
여린 님 손등 어루고
가냘픈 님 손가락 마디마디
꼬옥 잡고 싶어요

뿌리치지 마세요 제발!
이대로 가만히 있어요!
시간이 멈춰줬으면

손끝만 봐도 님이 보여요
체온만 느껴도
님을 쉬이 찾을 수 있어요

달아나는 님
쫓아가는 나
숨바꼭질
술래잡기 그만할래요
이젠 싫어요

드디어 잡았습니다
멀리 못 간
나의 님!

슬픈 그녀

바라보면 아려오네요
맑고 큰 눈
금방이라도
떨어질 것 같은 진주알갱이

바라볼 수 있어
기쁘면서 슬퍼요
따스한 속삭임
부드러운 미소로
위로라도 할 수 있으면

그저 멀리서
보고 있어요
괜시리 더 쓰려집니다

위로받아야 할 님이
도리어 위로하는 천사의 마음
아~ 슬픔을 견디고 이겨낸
기나긴 세월

신세한탄 수없이 했건만
현재의 삶이 행복이라며
목이 쉬어도
몸이 고달파도
꿋꿋이 이겨내고 있어요

보아요!
나 강하죠?
아기토끼가 있으니

반가운 만남

빛난다
환한 미소
건너 뛴 긴 세월
변함없는 사랑
귀엽고
예쁜 동생

정신없이 흘러간
가슴에 묻어둔
힘들었던 지난 시절
마주 보며 나누는
잊지 못할
아련한 추억

반가워서 만져보는
두 손, 양 볼
되살아나는
세월의 수레바퀴
일하며 공부한
추억의 그 시절

님

환상의 나래에 펼쳐지는
어여쁜 님의 미소
바람결에 맴도는 단풍진 낙엽들
우산 끝에 머물다 흩어지는 은구슬
알알이 떠오르는
쟁쟁한 님의 목소리

촉촉이 젖어드는 분홍장미꽃
아늑하고 몽롱한 추억이 머무른다
내 마음의 님이여
잊을까나 잊을까나
잊으려 하면
더 또렷해지는
님의 미소
님의 목소리

그림_김정하

우리 님이 좋아

보고 싶다 우리 님
멀리 있어도 없는
그 님이 있건만

곁에 있는
우리 님이 더 좋아
배추전도 맛있어
김치전도 맛있어

있어도 없는 그 님
가까이 계신 우리 님
"우리 님이 있어 나는 부자다"

김치, 깍두기, 무말랭이
메뚜기볶음, 깻잎…
우리 님이 손 간 곳
맛도 있고 사랑도 먹어

밝고 맑은 눈망울
부끄럼 많은 소녀 같아

귀여워서 좋아
예뻐서 좋아
즐거워서 좋아
사랑을 먹어 더 좋아

미소 짓는 님

맑은 미소로
마음을 활짝 열어 주는 님

떠나고 나면 기다려지는
공기 같은
말없는 님

고락을 나누며
작은 것에도 소중함을 느끼는
순수함이 있어
오늘도 님 생각에
즐겁고 신선하다

내 정원, 텃밭 공유한
유일한 님

흙과 햇빛 보며
즐거워한 순간순간
님의 해맑은 미소
진정 보석입니다

동화 속의 님

지구 저편
정성스레 그려 놓은
예쁘게 포장해 둔
세월 속에 묻어둔
동화 속의 님

현실의 님은 너무 멀어요
더 이상 바랄 게 없기에
마음속에 담아둔
다정한 님으로 남아주세요
그뿐이에요

되돌릴 수 없는 시간
미련도 남아 있지 않아요
이해만 해 줄래요
짓눌려 온 어둠의 구석
훌훌 털어 버리겠어요

먼 곳에 있어
볼 수 없는 님
상상할 수 있어 괜찮아요
님이 행복하면
그것으로 나도 행복해요

엄마

엄마! 엄마! 엄마!
내 자식 다 커 성인이 되었건만
나는 여전히 엄마의 아이입니다

떠나신 지 여러 해 되었지만
평생 외로웠을 우리 엄마!
엄마가 곁에 계시는 듯합니다

엄마와 같이 생활했던 지금의 공간
부엌에도, 거실에도, 안방에도
엄마의 체온이 아직도 느껴집니다

엄마! 엄마! 우리 엄마!
더 이상 부를 수 없어
너무나 허전합니다

늦은 밤까지
살아오면서 겪었던 두런두런 이야기들
더 이상 들을 수 없어
너무나 외롭습니다

엄마!
하늘나라에서
가고 싶은 곳 마음껏 다니며
아프지 말고 편히 계세요

당신이 있어 행복합니다

내가 만든 액자 속 당신은
추상 같은 위엄
카리스마 넘치는 눈빛
너무나 멀리 계셨기에 예전엔 몰랐어요

당신의 온화한 눈빛
부드러운 목소리
아껴주는 따뜻한 정
이제야 보여요
항상 가까이 계셨다는 걸

내 마음 깊은 곳에
추파 던지는 당신
그리운 사람 그리워하면
늘 떠오르는 당신의 미소

누군가 그리워하는 나를
일깨워주는 당신이 있어
보고 싶은 당신이 있어
행복합니다

오랠수록 깊어지는
그리운 마음
말이 필요 없어요
그저 눈빛으로 느껴집니다

당신이 있기에 세상은 밝고
기쁨이 넘쳐나요
미소 뒤에 숨은 아픈 기억들은
그리운 마음, 보고픈 마음으로
감싸버려요

누군가 그리워하고픈 날
그리운 당신이 있어
인생은 아름답고
너무나 행복합니다

나이팅게일을 꿈꾸며

제발 나아 주세요!
항상 빌고 또 비는
마음 예쁜 천사랍니다
거친 숨결 들으며
함께 아프고 슬프지만
회복되는 환자 보며
참된 보람 느낍니다

그늘진 환자께 다가가
밝은 모습 찾아 드립니다
건강 찾아 떠나가세요!
비워진 침대 보며
매일 맞는 이별이어도
슬프지만
오히려 기쁨이어요

칭얼대며 우는 아이
숨이 가빠 고생하는 환자
수술 앞둔
두려워 잠 못 이루는 환자
혈압이 불안정해 사경 헤매는 환자
밤새 돌보며 찾은 안정
모두의 기쁨이고 보람이어요

힘들어도 견딜 수 있는 힘
건강을 찾아
웃음을 찾아
퇴원하는 환자가 있어서예요
이별은 슬프지만
건강을 찾아 행복합니다
오늘도
아픈 환자 찾아갑니다

정하 생각

남들이 수학문제 풀 때
난 그림을 그렸어
수학은 정답이 있지만
그림은 상상력의 표현이야

수없이 버려진 습작품들
태어나지 못한 내 새끼
아이 잃은 어미의 심정이지

떠오를 듯 나타날 듯
잡고 싶어 쫓아가면
사라져버리는 신기루 같아
아니
꿈 찾아가는 무지개 같아

꿈속을 스쳐간 무언가
끄집어내려
두 손 머리잡고 흔들어 봐도
머리만 뒤숭숭

꿈꾸다 떠오른 미지의 세계

때론
꿈속의 꿈을 꾸게 되지
그걸 표현하는 게
나의 운명이고 기쁨이야

오늘도
해, 달, 별, 구름, 우주공간에 숨어있는
널 찾기 위해
사정없이 붓을 휘두른다

그림_김정하

마라톤

빽빽이 늘어선 끝없는 인파
달리고 싶은 자들의 목마름
탕! 출발음과 동시에
정신없이 내달린다
기록단축을 위해
앞으로!
숨차고 목이 말라
헉 헉 헉, 학 학 학

다리가 후들후들
숨이 끊길 듯한 고통
희열로 바뀌는 순간이다
추월하는 선수들
추월당하는 선수들
환호하며 격려하는
길가의 수많은 응원부대
홍분의 도가니다

출발 때의 기대와 초조
앞만 보고 달린다
포기하고픈 유혹
자신과의 외로운 싸움
결승점의 환희와 희열
만감이 교차되는 순간이다
고통을 인내하며 달리는
무아지경의 세계다

척은 싫어

연기가 눈에 보이는데도
진실인 양 배우 코스프레
굿이로다, 연기 만점
위선인 줄 모르는
불쌍한 이들이 너무 많아

눈과 귀가 어지러운 세상
믿어야 해?
말아야 해?

잘난 척, 인기 많은 척, 유식한 척
천사인 척, 검소한 척, 서민인 척
척, 척, 척

척의 내면에는
착각이 자리 잡고 있지
진실은 척이 아니라도
저절로 마음으로 와 닿아

마음을 울리는 사람들이 모여 사는
아름다운 세상이 좋아

되찾은 자유

실낱같은 희망
야비한 기대
무너지는 허망함
여지없는 경멸, 좌절, 분노
왜 그랬을까?

순진함은 어리석음인가?
고이 가둬 버리자!
깊은 내 호수 속으로

처절한 고독은
더 값진 여유를 선사해
깨끗한 체념은
혼란한 마음을 정화시켜 줘

던지자!
비우자!
씻어 버리자!
고뇌에 찬, 병든, 찌든
상처받은 마음을
그리고
되찾자!
자유로운 영혼을

턱

기분 좋아 한 턱
좋은 일 있어 한 턱
승진해서 한 턱
시험 합격해서 한 턱
돈 잘 벌어서 한 턱
턱, 턱, 턱

화끈한 우리 세상
한 턱 내길 좋아해
"턱이 몇 개?" 물으면
대부분 한 개라고 하지

턱은 두 개다
위 턱, 아래 턱
턱이 두 개여서 한 턱 낸다는
하나뿐이면 내어주기 어렵다는
우스갯소리

한 턱 낼 일 많았으면
한 턱 내고 싶어!

나는 꽃이다

나는 꽃이다
아카시아, 모란, 장미…
그중에도 암술

나비와 벌이 나를 찾아와
내 몸을 부비고 마셔
비워져 탈진한 내 몸

시간이 지나니 다시 채워져
변함없이 나를 찾는
나비, 벌, 개미

너희들이 묻혀준 꽃가루
나는
결혼이란 축복을 누리며
영원을 꿈꾼다

모두 모여라!
내 모든 것 다 내어 줄게
너희들을 위해 내가 있는 거야

천지신명

눈을 감은 한편 공간
만물이 탄생하는 곳이다

모란, 수국, 장미, 난초
목성, 토성, 화성, 금성…

눈을 감은 정적의 공간
떠난 님 불러들이는 곳이다

애틋한 님, 보고픈 님, 마음속의 님
동심의 님, 추억의 님, 먼 곳의 님…

눈을 감고 빠져든 깊고 어두운 공간
상상력을 일깨우는
꿈의 공간이다

요술방망이, 꽃바구니, 요정
궁궐, 시스루, 고래, 코끼리

어둠과 꿈은 천지신명이다
만물을 창조하고
생명을 부여하고

오늘도 나는 천지신명 만나러 간다

길

물길을 잘 내야
홍수를 예방하고
농사를 잘 지을 수 있어

혈관길을 잘 내야
피가 잘 돌아 건강해질 수가 있어

배농길을 잘 내야
붓기가 빠지고 빨리 아물 수 있어

길은 많을수록
흐름이 좋아 어디든지 쉽게 갈 수가 있어

우리의 인생길은 한 길밖에 없어
돌아갈 수도 없고
앞으로만 가야 해

먼 길을 돌고 돌아 여기까지 왔건만
가보지 않은 길
가보고 싶은 이 호기심

가야 할 길 어디인가?
눈앞의 평범한 길 갈까?
새로운 길을 열어
아무도 가보지 않는 길 갈까?

나는 믿는다
내가 가야 할 길은
안주의 길이 아닌
끊임없는 도전의 길이라고

쓰레기

인간이 만든 최고의 발명품들
스티로폼, 플라스틱, 비닐, 나일론, 페트병
편리한 생활
사용 땐 좋았지만
마구 버려 찾아온 재앙
강, 산, 바다 어디든
널려있는 쓰레기 더미

낚시꾼이 던진 쓰레기
등산객이 버린 쓰레기
야생동물에겐 생명의 위협
고래, 상어, 거북이에게
평생토록 족쇄되어

사는 게 고통이다

올무 걸려 잘린 고라니 발
아가미에 걸린 끊긴 그물
거북이 입가의 낚싯바늘
상어뱃속 페트병
고래뱃속 비닐덩이

모든 게 끔찍하다
누구의 잘못인가?
사용할 땐 좋았지만
사용 후엔 무책임

자연을 사랑하고 지구를 사랑하자!

버린 쓰레기 수거해서
재앙을 예방하고
깨끗한 지구 살려내자!

고래 꽃돌

―――

자연석도 좋지만
님이 주신 고래 형상의 꽃돌이 더 좋아
님 떠난 후 널 보며
님을 그리고
고래의 꿈도 꾸지

상상의 바다 속 깊은 해구로
수압을 이길 때까지
내려가고 또 내려가고
숨이 차면 또 올라와서
매일 조금씩 더 내려가

힘들지만 수시로 친구들과 함께
손도 짚고 바닥을 뒹굴어
이 세상 바다, 네가 정복했으니
모두 네 것이야

꿈과 희망이 있으니
언젠가 그 꿈 이루리라
상상이 현실이 되는 그날 기다리며

오늘도 대신 물 뿜어주며
꿈을 이룬 널 그리며
내 꿈도 함께 꽃 피운다

탄생

짬짬이 관리해 온
수많은 자식들
이리 다듬고 저리 다듬어
넣었다가 빼기를 반복
완성된 작품이
불안과 초조를 가중시킨다

도마 위에 얹힌 생선
피할 길 없어
이미 각오한 결과
비우자!
용기내자!
초연해지는 나

부끄럼 아닌
더 큰 전진을 향한
작은 발돋움이야
나는야
돈키호테 되어도 좋다
돈키호테가 되고 싶다

황두화

너를 보면 가슴이 두근두근
보고 또 봐도 보고 싶어
너무 귀한 존재인가?
가족이 늘 때마다
환희와 신사임당 누님의 미소가 잦아져

네 손에서 힘까지 넘쳐나니
불안도 사라져버려
개나리 빛 둥근 얼굴이
눈앞에 어른거려
이리 봐도 네 모습
저리 봐도 네 모습

나의 혼을 앗아간 네가 밉지가 않아

너와 함께해
너무 행복해
세상을 얻은 양
입가에 웃음이 절로 피어나
항상 내 곁을 지켜줘서 고맙고
너를 사랑해

나의 의지

남다른 삶
기나긴 여정
주저 없이 뛰어 들었어
지나온 역경
흘러간 내 청춘

아쉬움 뒤로한 채
앞만 보며 달려온
끝없는 도전
실패는 두렵지 않아
모두가 나의 스승

희끗해진 머리칼
서러운 회고
어느덧
소설 속 주인공 되어
추억의 에피소드 되었네

고독과 사색의 특권
'하면 된다
반드시 이루어야 해'
강인한 나의 철학
인생은 아름다워

망각

벽에 기대어 앉아
눈 감고
무념의 세계로 몰입한다
멀리
맑고 청명한 하늘 그리며
힘차게 달려간다
들로, 산으로, 바닷가 백사장으로

편안히 무언가를
떠올려 보지만
아무것도 나타나지 않는다
떠나간 님의 숨결 느끼려
애써보지만
와 닿지 않는 서글픔이여!

시간이 지나니 망각해버려
무뎌진
슬픔, 그리움, 애절함
아련한 기억들
잊혀야 살 수 있는
산 자의 울부짖음입니다

첼로 연주

눈을 감고 현을 켜는
연주자의 고뇌
무슨 사연 그리 깊어
이다지도 아려올까?

무아지경에 몰입하는
리듬과 함께하는
연주자의 움직임
나도 모르게 조용히 따라 움직인다

슬픔을 공유하는
모순된 즐거움
연주자의 아픔이여
나의 기쁨이여

슬퍼서 오히려 행복합니다
분수처럼 쏟아낸 진주알들
가벼워진 내 마음은
구름 위로 날아갑니다

둔치를 달리며

조용한 냇가를 따라
맑은 공기, 물 흐르는 소리
탁 트인
쭉 뻗은 군위 둔치길
풀 내음 맡으며
달릴 수 있는 이 기쁨

청둥오리, 기러기 떼
붉게 타오르는 석양
코끝을 자극하는
갖가지 꽃들의 환호
외로운 싸움을 응원하는
자연의 친구들이다

가쁜 숨 몰아쉬며
달려야 느낄 수 있는
고통과 함께하는 쾌감
되돌아온 뒤의 해방감
잡념, 씻어 버려!
스트레스, 날려 버려!

광대

나는야 광대다
돌리고, 돌리고, 돌리고
접시, 곤봉, 공, 항아리
무엇이든 돌리면서
사람들에게 즐거움을 주지

목숨 건 줄 연기
사람들은 아슬한 긴장 즐기지
위험할수록 더 환호해
박수갈채 받으면
홍이 나고, 힘이 나

위험도, 두려움도 모두 잊은 채
새로운 도전을 하지
사람들은 박수치며 환호하지만
목숨을 줄에 다는
남다른 내 인생

그런대로 기쁨은 있어
나와의 싸움이고
끊임없는 도전이기에

오늘도
돌리고, 돌리고, 돌리고
아슬아슬한 줄타기 한다

그림_이광렬

오솔길

인적 드문 산기슭
오솔길을 걷는다
외로움이 익숙해진 지 오래
고독을 즐기고 싶다
오히려 혼자가 좋다

혼자 걷는 외딴길
예전엔 엄두도 못 냈어
귀신 나올까 봐
간첩 나올까 봐
늑대 나올까 봐

현실을 잊는
무념무상의 세계
문득문득 들리는
새 울음소리, 바람소리
골짝 물 흐르는 소리

혼자인 줄 알았는데
이젠 혼자가 아니다
자연과 대화하는 행복한 순간이다
거짓 없이
아낌없이 주는 고마운 벗들

바람에 스치는 나뭇잎 소리
풀 밟는 소리
모두가 자연의 소리이고 영원한 벗님
벗들과 함께하는
행복한 고독이 나는 좋아

창작과 모방 사이

신선한 표현 구현하고파
오랜 기간 잠재된 학습
창작이고픈 모방
내 것이고픈 흉내
인정하기 싫은 자존심이어라

모방과 창작의 깃털 차이
창조자는 알고 있다
모방은 아니어도
닮은 뉘앙스를
내가 독창이면 내 것이어라

비굴한 창작 씻어내고
후대에 떳떳한
독창물을 탄생시켜야 해!
심금을 울리는 한 줄
내 사랑이고 내 마음이어라

심오한 창작이여!
단 하나밖에 없는
나만의 색과 깊이
누구도 따를 수 없는
숨겨진 상상의 나래이어라

카톡 카톡

—

누군가에게
카톡 문자 보내고 기다린다
카톡 음 못 들었나?
바빠서 휴대폰 볼 시간이 없었나?
휴대폰이 방전됐나?
고의로 응답하지 않나?
갖가지 상상하며 기다린다

다시 문자를 보내야 하나?
좀 더 기다리자!
한참 지난 뒤
다시 카톡 보낸다
조금 지나 응답이 온다
그 전의 불안, 초조, 기다림, 조바심이
한꺼번에 해소되는 순간이다

이렇게 휴대폰의 노예가 되어
조금이라도 응답이 늦어지면
불안해서, 은근히 불쾌해서
안절부절못하는
불쌍한 현대인!

잠시라도 휴대폰에서 해방되어
문자노예에서 벗어나자!

카톡 안 볼 거야
아 못 참겠다
또 보게 되네 이런!

거울

너는 만인의 소중한 친구
너와 함께라면 외롭지 않아
나는 왜 이리 잘생겼을까?
어떡하면 더 예뻐질 수 있을까?
점을 뺄까?
주름을 펼까?
쌍까풀을 할까?
지방을 삽입할까?
턱 선 다듬을까?
코를 세울까?
너와 함께 나누는 긴 대화
할 일이 너무 많아

피부 마사지 받을까?
레이저 시술 받을까?
팩 붙일까?
눈썹문신을 할까?
리프트실 할까?
백옥 주사, 신데렐라 주사 맞을까?
해도 해도 끝없는 너와의 대화

그림_이광렬

이리 고치고 저리 고쳐
완벽한 내 얼굴
그래도 2%가 부족해
아 예쁜 내 얼굴

아 참지 못하는 2%의 유혹
이것이 바로 성형중독

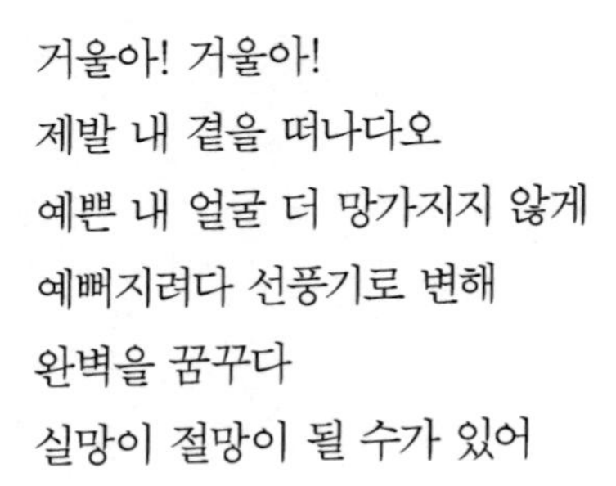

거울아! 거울아!
제발 내 곁을 떠나다오
예쁜 내 얼굴 더 망가지지 않게
예뻐지려다 선풍기로 변해
완벽을 꿈꾸다
실망이 절망이 될 수가 있어

지금 이대로가 좋아요
밝은 미소, 탄력 있는 피부
아쉬운 2%가 더 좋아요
넘치면 탈나요
거울을 사랑해요
웃는 내 얼굴 사랑해요
거울은 만인의 소중한 친구

술, 담배 끊어주세요!

아빠와 함께 가꾼 앞마당 정원
희고 예쁜 아기토끼가
풀밭에서 폴짝폴짝 뛰고 있어요
오물거리는 입 보면
놀아달라고 조르는 것 같아요

강아지가 살랑살랑 꼬리 치네요
과자 하나 달라고
멍 멍 멍 짖고 있어요

웃음꽃 피어나는 평화로운 우리 집

사람들은 왜?
몸에 해로운 술 마시고
고함지르고
싸움 하나요?

사람들은 왜?
냄새나는 담배 피우고
공기 더럽히고
옆에 있는 우리에게
콜록 콜록 기침 나게 하나요?

생명을 위협하는
술, 담배는 싫어요
우리 집 평화가 깨어질까 두려워요
가족이 아플까 봐 걱정이 돼요

우리의 건강
화목한 우리 집 평화를 위해
제발 끊어 주세요!
술, 담배 정말 싫어요!

거리[2]

너와 나의 거리는?
46센티미터 이내였으면
그보다 더 가까웠으면
입 맞출 수 있는 당신, 그리고 내 아이들
영원히 46센티미터 이내인 줄 믿으며
지금까지 살아온 나
꿈이고 착각이어라

자라서 때가 되면
46센티미터가 넘어 1.2미터가 될 것을
왜 몰랐던가?
마주보는 친구 사이의 거리
상처를 주지도, 받지도 않는
서로 배려하는 사이의 거리
그것만으로 감사히 여겨야지

이제야 깨닫는다
친구 사이의 거리가
얼마나 다행스러운가를
더 다가갈 수 있는
가까운 거리 꿈꾸지 말고
1.2미터 넘는 사이 되지 않길

---

2) 김혜남, 『당신과 나 사이』, 메이븐, 2018, 64쪽 참고.

산채 가는 날

난 캐러 간다
잠이 오지 않는 들뜬 마음
밤새 이리 뒤척, 저리 뒤척
아침햇살 기운 받아
산지로 달려간다
꿈에 그리던 너를 찾으리라

기다리는 너!
못 만나 애태우는 나!
다음엔 널 꼭 찾으마
널 찾아 헤맨 지 어언 삼십 년
찾아 나설 때의 희망
다음으로 미루어진 여운

한국춘란!
너를 사랑하기에
오늘 빈손은 아쉽지 않아
내일이 있고
네 존재의 소중함을 알기에
오늘도 꿈꾼다
일생일란을 위하여!

회식

심한 교통체증도
먼 거리도 아랑곳 않고
시내 맛집으로 향하는
가볍고 즐거운 발걸음
꿈 많은 소녀들이다

밝은 조명 아래
마주 앉으니
다른 모습 보는 것 같아
예쁜 아가씨들의
즐거운 수다가 귀엽다

맛있는 음식 먹으며
호호호 깔깔깔
끊임없는 웃음소리
가족분위기를
한층 더 자아낸다

따뜻한 차 한 잔
씻긴 응어리
가벼워진 마음
일하면서 느끼는
살아가는 참된 의미다

마음의 치료

수많은 시련이 다가와도
나는야 견딜 수 있어
같이 살아 숨 쉬는 것
존재의 의미는 충분해

당신 위해 할 수 있는
수많은 일들
찾아 나서야 해!
할 일이 너무 많아

슬퍼도 웃음 잃지 않는
미소 머금은 광대처럼
아파 우는 당신께
나만의 치료법

거짓 없이 맑은
한바탕 웃음으로
깊이 맺힌 응어리
훌훌 털어 드릴게요

타협

헤쳐 나온 먼 길
푸념은 과분해
외로움 벗 삼아
앞만 보고 달려온
힘겨웠던 내 인생
고되어도 혼자 삭였던
쓰라린 과거

되돌아본 지난 시절
가련하고
대견하다
당당히 일어선 나
지금 이대로가
행복합니다

꿈과 현실의 괴리
마음이 아파요
현실과 타협한 나
만족할 순 없지만
밝은 미래가 있어
웃을 수 있습니다

아픈 당신

당신의 고뇌
나의 아픔 되었습니다
당신이 슬피 울면
내 마음은 잿빛 구름이어요
당신을 바라보는 이 가슴
봄이 되고 싶어요

마음껏 울어요
쏟아내는 은구슬
나의 흰 손수건으로
고이 닦아 드릴게요
함께 흐르는 내 눈물
감추고 싶어요

슬픈 당신께
약한 모습 보이기 싫어요
당신의 슬픔은
나의 슬픔이어요
아픈 당신
말끔히 씻어 드릴게요

외로운 아이

표정이 없다
웃음을 잃어버린 지 오래
손을 흔들지만 초점 없는 눈
웃음 짓지만
너무 어색해

웃음을 주고 싶다
따뜻한 정, 사랑 주고파
마음 속 깊이 감춰진
어두운 상처
말끔히 씻어주고 싶다
표정 없는 굳은 얼굴
환히 펴지게

밝은 미소 지으며
내 마음을 사로잡는
아이의 맑은 두 눈
나를 향해
두 팔 높이 흔들어 주는
웃음을 찾은 아이
이젠 외롭지 않다

울타리

안전한 울타리, 엄마 뱃속
부모님의 울타리 덕에
안전하게 성장할 수 있었어
자라면서 가족의 울타리에서
든든한 힘을 얻었다

나이가 들면서
둘러진 울타리는 걷혀지지만
홀가분해지기는커녕
허전해지고
엄습해오는 이 불안감

줄을 치든, 금을 긋든
습관화된 울타리
그 속에 있으면 안심
벗어나면
쓰라린 고독
홀로서기를 감수해야 해

울타리 속 안전보다
벗어나는 도전도 필요하리라
혼자만의 외로움도 좋고
혼자만의 자유도 함께 주어져
울타리 칠까?
걷어 버릴까?

여린 내 마음

슬퍼도 웃고
괴로워도 웃고
웃고 싶지 않은데
웃어야 하는 연기자의 삶

슬픔을 나눠야 하나?
연기자의 삶을 배워야 하나?
아픔을 주지 말고
슬픔을 감추자!

고통 고민 삼키리
나 혼자서 삼키리
슬픔이 익숙해지니
괴로움도 무뎌진다

불현듯
뇌리를 스치는 한마디 단어
'웃음'
미소 뒤 감춰진 '고뇌'

부러운 한가로움

―――

나무울타리 쳐진 정원에 엎드려
바깥세상 바라본다

푹신한 잔디밭에서
갈색 점 박힌 바둑이가
내 곁에 같이 엎드린다
자기 좀 봐 달라고

저 멀리 산과 들의
새 소리, 바람 소리, 강물 흐르는 소리

아 심심하다
할 일이 없어서
아무도 놀아주지 않아
더 심심하다

바둑이와 같이 놀고 있는
이 순간이
오늘따라 너무 따분해

긍정과 부정

반가운 마음
무조건 좋아
단점도 그럴 수 있지
좋은 점도 있을 거야

삐딱한 시선
모든 게 싫어
좋은 게 보이지 않아
보고 싶지 않아

좋을 땐 최고
싫을 땐 그까짓 거
종이 한 장 차이의
간사한 두 마음

긍정적 마인드
세상이 밝고 아름다워
마음을 열면
인생은 즐거워

공심

오만 뒤에 감춰진 자격지심
겸손 뒤의 여유로움
부족해서 오히려
부자가 되었습니다

지키려고 애쓰는
부질없는 노력보다
내어놓는 공심으로
자유를 찾았습니다

교만 뒤에 감춰진 질투
칭찬 뒤의 아름다움
비워서 오히려
평화를 찾았습니다

생각 없이 주는 상처
무언의 조소 대신
아낌없는 축복으로
행복을 찾았습니다

암흑의 세계

악! 앞이 안 보여 아무것도 안 보여
눈을 비비고 또 비벼, 다시 크게 뜨고 보아도
아무것도 보이지 않는 암흑의 세계다
설마 현실이 아니겠지?
꿈일 거야?
빨리 깨어나자 제발!
볼을 꼬집고 때려도
여전히 깜깜한 공포의 세계다

낮일까? 밤일까?
지금이 몇 시일까?
전화를 걸려 해도 자판이 보이질 않아
내게 어찌 이런 일이
맹인이 되는 건가?
어떻게 살아가지?
영원히 깨어나지 않았으면 좋으련만
그전에 보았던 기억들을
가슴에 담고
정지된 삶을 살아야 하나?
차라리 사라져 버리자
어떻게 하면 깨끗하게 사라질까?

아! 상상만 해도 끔찍한 암흑의 세계

살짝 감은 듯, 뜬 듯한 눈으로 바라본 세상
그저 흑백만으로 흐릿한 형태만 보여
그나마 다행이겠지
껌껌한 어둠보단 나으니까
모든 것이 시스루로 보여
아름답다고 해야 하나?
더러운 것들이 모두 다 묻혀 버린 것 같아
죽고 싶단 마음에서 어떻게든 살아야지
간절한 희망을 안은 채
밤새 뜬 눈으로 지새우다
아침이 찾아오니 사라진 세상 다시 돌아온다

모든 게 꿈이어서 감사합니다
다시 볼 수 있어 감사합니다
아름다운 세상
더 많은 것 보고 느끼겠습니다
지금 이대로가 행복합니다

지식의 허영

같은 시를 수없이 읽어도
도무지 이해할 수 없는 글귀들
분명 의도한 바가 있을진대
와 닿지 않는 비통함
나의 무지인가?
지식의 허영인가?
어려운 단어와 혼란스런 표현은
의도를 애매하게 해

알기 쉽고 편한 우리말이
사람 따라 너무나도 달라지네
읽을수록 혼란케 하는
알송달송 현란한 시구
누구나 이해할 수 있는
쉽고
솔직한 시를 쓰고 싶다

공허

소파에 혼자 누워
할 일 없이 뒤척이고 있다
휴식을 취하는 건가?
현실을 느끼는 건가?

지나온 수십 년
주마등처럼 스쳐 가네
혼자가 되는 건 당연
슬프고 무섭다

흘러간 시간
키울 땐 좋았지만
품 떠난 자식 보며
빈자리가 야속해

내일을 꿈꾸자!
지금처럼 두려워도
할 일 찾아서
열심히 살자!

용기

남보다 나은 게
한 가지는 있겠지?
아직 없다면?
못 찾아서
발현되지 않아서야

팔순 노인이
글도 쓰고
화가도 되고
프로그래머도 되고
나이는 숫자에 불과해

늦었다 생각 말고
더 늦기 전에
못다 이룬 꿈
용기 있게 시도하자!
후회하지 않게

할 수 있는 일이 있어
너무 행복해
기회는 간절한 자의 몫
두려움이 아닌
도전을!

창작의 고통

—

부과 명예를 좇았지만
허무함이어라!
속세를 떠나온
고독과 번뇌의 삶이 좋아

고뇌와 침울의 쓰라림 안고
후세에 영원히
역작 남기고파
밤하늘을 바라보며
상상의 나래를 펼친다

수많은 즉흥시 읊었지만
가슴에 품은 인고의 세월
한없는 체험으로
태어난 아픈 자식들

빛 못 본
셀 수 없는 습작이 있었기에
심금을 울리는
살아 숨 쉬는 시를 노래할 수 있어

누군가를 위해 시를 쓴다

누군가를 위해 시를 쓴다
마음 한구석 그리는 정이 있어
미운 정이든, 고운 정이든
가까이 있다고
자주 만난다고
써지질 않아

마음이 가야, 교감이 생겨야
그리움이 미움으로
증오로 바뀌어야
한 줄 글이 이루어지는 거야

수십 년 자주 만나
정이 든 그 님이지만
왜 이리 한 줄도 써지질 않지?

단 한 번 본 적도 없이
그저 듣기만 했는데
상상 속의 님으로 둔갑하여
너무나 그리운 님으로 탄생되기도 해

내가 만든 님과 정들고 싶은
간절한 마음 때문인가?
시를 쓰고 싶은 님이 나타났으면 좋으련만

현실이든
상상 속이든
누군가를 그리고 싶다
누군가를 위해 시를 쓰고 싶다

용기 있는 쪽팔림

봉숭아학당의 학동들
무조건 저요 하고 손 든다
알든 모르든
제발 시켜 달라고
잘 보이고 싶어서

요즘 초등학교 학생들
무조건 저요 하고 손 든다
발표하고 싶어서
선생님께 칭찬받고 싶어서

세월이 흘러 성인이 되니
강사님이 질문을 하면
손 들길 꺼린다
알아도 대답하길 꺼린다
괜히 쪽팔릴까 봐
남이 하겠지 하며

예전 초등학교 때
손 들 용기가 없어
알아도 손 못 들고
두근두근
가슴 졸이던 순진한 동심

지금이 그때와 같아
세상 밖으로
내어야 하나? 말아야 하나?
두근두근 나의 일기

Epilogue | 계기

수필이든 시든 써 본 적이 없다.

우연한 기회로 여성 지인과 골프를 치게 되었는데 드라이버샷의 파워도 대단했고 피니싱이 너무 멋져 보였다. 며칠이 지나도 스윙 동작이 뇌리에서 지워지지 않았다.

그렇게 해서 한 줄 한 줄 글로 옮긴 게 「뒤태가 예쁜 그녀」이다. 그 한 수의 재미로 쓴 시가 모태가 되어 또 다른 시와 연결되면서 한 권의 수필시가 완성되어 감회가 새롭다.

청소년들이 시에 대해 더 관심을 갖는 계기가 되도록 읽기 쉽고 재미있게 노래하듯 표현했다. 아마추어 작가의 용기로 이해해 주길 바라며, 마음에 와 닿는 단 한 줄의 글이라도 있다면 그것으로 만족이다.

표지 그림은 몇 년 전 작은 딸 수지가 내게 그려준 그림이고 그 그림을 보면서 「고래의 꿈」과 「코끼리 가라사대」란 시를 썼다.

정성스레 교정 작업을 도와준 친구의 딸 전현숙 님께 감사드린다.

시집을 완성할 수 있게 시종일관 용기와 격려 아끼지 않고 선별 작업 도와주신 서제교 원장님께도 감사의 말씀 드린다. 삽화그림 도와준 수지와 조카 정하에게도 고맙다는 말, 글로나마 전한다.

2018년 4월

이광렬